사진을 찍는 것은 카메라지만
그것을 허락한 것은 내 가슴이다.

나에게만 보이는 풍경

제주

나에게만 보이는 풍경_제주

초판 1쇄 인쇄일 2021년 8월 24일
초판 1쇄 발행일 2021년 8월 31일

지은이	신미식
펴낸이	양수빈
펴낸곳	끌레마
주소	서울시 종로구 대학로 14길 21, 4층
전화	02-3142-2887
팩스	02-3142-4006
E-mail	letter@clema.co.kr
ISBN	ISBN 979-11-89497-48-4 (03810)

값은 표지에 있습니다.
제본이나 인쇄가 잘못된 책은 바꾸어 드립니다.

나에게만 보이는 풍경
제주

신미식

끌레마 Clema

사람들은 마음에 제주도를 품고 산다.
왜 그렇게 많은 사람들이 이곳에 오는 걸까?
흔들리는 비행기에서 내려다보이는
제주의 푸른 바다가 인사를 한다.

당신이 보고 싶었던 곳.

차례

카메라를 들고 떠나다

제주에 가기 위해 완도항으로 갔다. 처음으로 자동차를 갖고 제주에 간다. 한 달이라는 기간을 내 차로 여행하고 싶었다. 배는 나와 자동차를 삼키려는 듯 입을 크게 벌리고 있었다. 마치 고래의 입속으로 들어가는 듯한 느낌으로 차를 집어넣었다.

화물칸을 나와 선실로 가는 길, 가뜩이나 우울한데 새벽 비가 억수 같이 쏟아졌다. 비 내리는 새벽에 승선하는 배는 참 쓸쓸하다고 생각했다. 다음에 다시 제주에 배를 타고 가야 한다면 나는 어두운 시간은 피할 것이다.

선실에 누워 있으려니 왠지 모르게 심란하다. 옆자리

에는 친구로 보이는 일행이 신난 듯 제주에서 보낼 시간들에 대해 이야기를 나눈다. 그들의 표정에서 여행의 설렘이 느껴진다.

2시간 30분 만에 제주항에 도착했다. 완도에서부터 내리던 비는 이곳에서는 더 세차게 내리고 있다. 빨리 항구를 벗어나고 싶었다. 앞이 잘 보이지 않는 도로를 달렸다. 쓸쓸한 감정을 숨기기 위해 오디오의 볼륨을 크게 올렸다. 처음으로 내 차를 가져와 달리는 제주의 새벽은 왠지 낯설었다. 아프리카에서 내 차를 처음 운전하던 때의 기분과 비슷했다.

나는 이 여행에서 무엇을 보고 무엇을 느낄 수 있을

까? 제주의 아름다운 바다? 아니면 깊은 속삭임이 존재하는 제주의 이름 모를 숲에서 나만의 깊은 호흡?

나무에게라도 나의 안부를 전하고 싶다. 바다를 바라보며 지금 내가 여기 있다고 목청껏 외치고 싶다. 조금씩 흐려지는 내 존재감을 확인하고 싶었던 것은 아니었을까? 그래서 제주로 도망치듯 떠나온 것일지도 모른다. 어쨌든 지금 나에겐 제주 여행이 필요했다. 나에게만 보이는 풍경을 찍고 싶었다. 나만의 사진을 찍고 싶었다.

1

바다와 만나다

마주하다

제주의 세찬 바람이 얼굴을 때린다. 바람은 파도를 역동적으로 움직이게 한다. 바람에 밀려 날갯짓조차 버거운 갈매기들이 벌이는 먹이 사냥은 안쓰러워 보이기까지 한다. 제주에서 가장 좋아하는 해안도로를 달리며 차 안에서 울려 나오는 노래를 따라 부른다. 바람 소리와 자동차의 스피커에서 교차하는 소리가 묘한 조화를 이룬다.

유난히 푸른 바다는 왠지 쓸쓸해 보이는데 지금 내 처지가 그런 상황이어서일지도 모른다. 흐린 날의 제주 바다는 왠지 슬픈 노래를 부르는 듯하다. 그 바다를 보며 새삼 내 존재의 의미를 생각해본다.

여행이 늘 성장을 가져오는 것은 아니다. 때로는 감정의 기복으로 인해 현실 감각을 잃어버리기도 한다. 색다른 풍광들은 자꾸만 가슴을 두드린다. 그 두드림의 끝이 보이지 않을 때 스스로 시간을 지배해야 한다. 내가 지배당하는 것이 아니라 선택하는 것, 내가 외면하는 것이 아니라 당당히 마주하는 것. 그렇게 나는 여행을 통해 풍광과 나를 하나로 묶어나간다.

아침부터 세찬 바람이 섬에 몰아치고 있다.
잔잔하던 바다는 성난 듯이 몸집이 큰
파도를 만들어 내고 있다.
제주에 와서 가장 거친 바다를 만났다.
몸을 가누기 어려울 만큼 세찬 바람을
견디며 바다를 본다.

멈춤의 이유

생각이 멈추면 몸도 멈춘다. 방향이 정해지지 않은 길을 가다 보면 예상치 못한 길을 만나기도 한다. 어쩌면 그 길이 내가 그토록 오랫동안 찾아다녔던 길은 아니었을까?

오늘 내가 잠시 숨을 고르는 사이 많은 것들이 곁을 지나갔다. 나는 바닷가에서 같은 자리를 반복해서 지키고 있다. 숨소리를 죽여 가며 파도 소리를 듣는다. 파도는 지치지 않고 같은 방향으로 반복해서 온다. 그러나 그 파도를 바라보는 우리의 감정은 매번 다르게 변하기 마련이다. 내가 본 오늘의 파도는 쓸쓸하다. 그게 오늘 내 모습인 것이다.

제주의 아름다움이 빛나던 날.
모든 것이 조화로웠다.

잠 못 이루는 밤

지난밤 생각이 많아서인지 잠을 제대로 이루지 못했다.

현실과 미래에 대한 생각들.

내가 나를 바라보는 시간들.

지나치리만치 깊은 고독의 시간이 나를 지배했다.

마음을 다스린다는 것이 새삼스럽다.

어쩌면 살아가는 동안 마주하는 가장 어려운

숙제일지도 모른다.

고통의 시간을 통해 만들어낸 삶의 지혜를 찾아야 할 때.

흔들리는 건 세찬 바람이 불 때가 아니라

아무 일도 일어나지 않을 때이다.

제주 소경

처음 접한 풍경에 마음을 뺏겼다.
바다에서 보는 반영의 신비로움.
잔잔한 물의 파동이 첼로의 선율 같다고 생각했다.
아, 이런 환상적인 순간을 마주하고 있는
내면의 소용돌이는 행복의 숨소리다.
이곳에 온 나의 걸음을 축복하는 듯
카메라의 셔터 소리가 춤을 추듯 경쾌하다.

그녀의 바다

얼마나 오고 싶었던 걸까?

바다를 향해 손을 들어 인사하던 사람.

바다와 가장 가까운 바위에 앉아 파도 소리를

가슴에 쓸어 담던 사람.

온전히 바다에 취해 행복을 만끽하던 사람.

이때만은 세상에서 가장 행복한 사람으로 보였다.

그녀 덕분에 나도 바다에 취할 수 있었다.

제주 바다는 그런 곳이다.

사람을 오게 하고, 그에게 깊은 휴식을 주는.

길가에 차를 세워 놓고 하염없이 바다를 바라봤다.

그냥 그렇게 종일 있을 수 있을 것 같았다.

파도 소리, 달리는 자동차 소리,

사람들의 웃음소리.

2

숲에 가다

쉼이 필요할 때

멀리 왔다고 생각했다. 등 뒤로 부는 바람이 나를 재촉한다고 생각했다. 멈추지 못하도록 바람이 자꾸만 등을 밀어댄다고 느꼈다.

그런데 제주의 바람 앞에 서니 지금까지 걸어온 길의 무게가 새털처럼 가볍게 느껴졌다. 아직 가야 할 길이 더 있다는 사실이 위로가 되었다.

맞아, 잠시 쉬어가자.

제주의 숲은 나에게 깊은 쉼을 준다. 등 뒤에서 미는 바람은 재촉이 아니라 위로였다. 지친 나를 위로하는 바람의 온도가 그렇게 느껴졌다.

나만의 숲에 들어서면

숲에서는 숨소리가 맑아진다.
애써 숨을 내쉬지 않아도 긴 호흡이 가능하다.
머리 위를 나는 새들의 날갯짓에 고개를 들어본다.
새는 어디론가 날아가고 기다란 나무 사이로
파란 하늘이 보인다.

두어 걸음마다 한 그루씩 자리한 삼나무가
빽빽하게 느껴지기보다
오히려 텅 비어서
나 혼자의 생각만 가득 차 있는 듯했다.

소나무 숲에 들어섰을 때도 마찬가지였다.

나무나 풀이 꽉 찬 공간인데도

아무것도 없는 것처럼 느껴지는 신기한 기분.

나무들은 피곤하게 말을 걸지도 않고

쉬어가라고 자리를 내준다.

조용히 지켜보기만 한다.

오늘은 침묵하는 나무들 사이로 숨겨왔던

비밀을 이야기한다.

나무들은 묵묵히 내가 뱉어낸 비밀을 간직할 것이다.

빈 곳이 있는 사람에게 마음의 문을 열게 된다.
너무 완전하고 꽉 찬 사람에게는 다가가는 것조차
부담스러우니까.

아름다운 날들

생각해보면 살아가면서 풍경에 흠뻑
취해보는 날이 얼마나 될까?
그렇게 아름다운 날들은 내가 살아온
세월에 비하면 너무나 짧다.
온전히 한곳을 바라보며 취하는 시간.
마치 바보가 된 듯, 생각이 멈춰버린 듯,
오늘 내 안에서 나오는 모든 언어는 감동이다.
아주 오래전부터 꿈꿔온 풍광이 내 앞에 있다.
마치 그림 속의 그곳에 온 듯 비현실적이다.
흐린 하늘이 이렇게 쓸쓸한 아름다움일 수 있구나.

마음이 쓸쓸한 날엔 모든 것을 내려놓고
숲으로 들어가는 게 좋다.
아무도 없는 숲에서 호흡하고
맘껏 소리 지르고
맘껏 꺼이꺼이 울어보기도 하고
누가 보면 마치 미친 사람 같지만 그렇게 나를
온전히 내려놓을 수 있는 숲이 있어서 좋다.

낯선 숲으로 들어갔다

사람의 출입을 허락하지 않은 듯 거칠고 투박했다.

한 발 한 발 내디딜 때마다 새가 날아간다.

바스락, 하는 내 발자국 소리에 나도 놀란다.

작은 숨소리조차 크게 들리는 짙은 고요.

빼곡한 나무숲 사이로 빛이 들어온다.

깊은 잠을 깨우듯 아침 햇빛이

숲속 곳곳을 비추기 시작한다.

모든 성장은 고요 속에서 이뤄진다.

우리가 느끼지 못하는 사이 숲의 나무들은

조금씩 하늘로 올라가고 있다.

오늘 이름 없는 숲에서 나는 깊은숨을 쉴 수 있었다.

숨을 참아왔던 많은 시간들,

어깨를 누르는 삶의 무게.

이 숲에서는 모든 것을 내려놓을 수 있을 것 같았다.

아무런 대답도 들을 수 없을 것 같은 나무들에게

나의 슬픔을 푸념한다.

그렇게 내뱉은 슬픔이 나에게서 멀리 떠나갔다.

다시 나는 기운을 얻고 숲을 나와

나만의 길을 갈 수 있게 됐다.

산다는 건,
나의 고독을 평생
세상에 끄집어내는 노력의 시간.
어쩌면 그 끝없음이 위로가 된다.

숲에서 듣고 싶어 서점에서 LP를 샀다.
제주의 숲에서 바람 소리가
화음을 넣어준다면 얼마나 멋질까?
여행이 주는 소소한 즐거움.
그것은 나를 위해 선물을 사는 것.

3

집, 창고

사라진 집

제주에 온 지 얼마 안 됐을 때 애월에서 오래된 돌집 하나를 만났다. 그날은 지인들과 동행하느라 시간이 여유롭지 않아 다음에 와서 사진을 찍겠노라고 마음에 새기고 자리를 떴다.

그러고 나서 한 달이 되어갈 즈음 어렵사리 기억을 더듬어 그곳을 찾아갔다. 분명 그곳에 온 것 같은데 건물이 보이지 않았다. 동네를 몇 바퀴 돌아서야 겨우 그 건물이 있던 곳을 확인할 수 있었다. 그런데 내가 그토록 담고 싶었던 건물은 흔적도 없이 사라진 뒤였다. 한 달 전에 있던 그 멋진 돌집이 철거된 채 네모반듯한 공터로 바뀌어 있었다. 같은 곳을 여러

번 지나쳤을 때 눈에 띄지 않았던 이유가 있었던 것이다.

오늘 난 또 하나의 배움을 얻었다. 마음에 다가온 일은 그 순간 미루지 말고 실천해야 한다는 것을. 건물이 사라진 황량한 공터에서 한참을 서성거리다 돌아왔다. 돌아와 생각해보니 그 공터라도 사진에 담아올 걸 하는 아쉬움이 남는다. 그 당시는 건물이 없어졌다는 허탈함에 카메라 들 생각조차 하지 못했다. 다시 그곳에 가야 할 것 같다. 아쉽지만 그 빈터가 다르게 보일 것 같다.

한 달 살기

제주에서 한 달 살기를 하려고 마음먹었을 때 가장 먼저 한 고민이 어떤 집에서 살까 하는 것이었다. 제주엔 여러 형태의 집이 있다. 한 사람이 산 흔적을 온전히 간직한 집, 여러 명의 새로운 사람을 돌아가면서 받는 집, 편의시설을 갖추고 잠시 쉼을 허락하는 집……

이번에 살아보기로 한 집은 편리하고 잘 다듬어진 곳으로 정했다. 그렇지만 내가 진정 머물고 싶은 집은 사람의 흔적을 오랫동안 안고 있는 오래된 집이다. 예전 사람의 자취를 품고 있되 새 사람의 향기를 받아주는 오래된, 그리고 아슬아슬하게 버티고 있는 집. 다음엔 그런 집에서 머물 것이다.

돌창고

육지의 젊은이들이 꿈을 찾아 섬에 들어온다.
아이러니하게도 이들은 가장 초라하고
볼품없어 보이는 낡은 창고에서
꿈과 희망을 키운다.
창고는 오랜 세월을 견뎌온 삶의 무게를 털어내고
새로운 모습으로 변신한다.
귤과 농작물이 가득했던 공간이
사람들의 호흡으로 생기가 넘쳐나고 있다.
누군가의 꿈을 통해
잠자고 있던 폐건물이 살아난다.

이곳에선

검은 돌담의 돌들이 아슬아슬하게
서로를 지탱하고 있다.
하늘은 파랗고 바다도 파란데 제주의 돌담은 까맣다.
마치 생명을 잃어버린 듯
색을 잃어버린 것은 아닐까?
제주에서 만나는 검은 컬러는
사람의 심장에 박히는 아픔 같다.
이곳에서는 사랑을 해야 한다.
이곳에선 손을 잡고 해안의 모래를 밟으며
천천히 걸어야 한다.

이곳에선 서로의 눈을 바라보며 걸어야 한다.

한마디의 말도 필요 없을 만큼

신뢰의 시간을 가져야 한다.

어깨가 처지지 않도록 서로를 지탱하며 살아야 한다.

내가 포기한 사랑이 이곳에 있으면 좋겠다.

내 남은 눈물의 향수를 그에게 뿌려주고 싶다.

아직 살아 있는 게 축복이었다고

말할 수 있으면 좋겠다.

사랑은 여전히 마르지 않고 습기를 머금은 채

내 안에 남아 나를 맴돈다.

오늘 하루는

오늘 하루는 나에게 특별한 날이었나?
잠자리에 들기 전 내게 질문을 던졌다.
사실 세상에 특별한 날이 따로 있는 것은 아니잖아.
그렇게 생각이 머물자 피식 헛웃음이 나왔다.
생각해보니 내가 제주에 온 이유가
꼭 특별한 날들을 만들기 위해서는 아니었다.
그냥 한 달 정도 이 섬에 나를 온전히
내려놓고 싶었을 뿐이다.
운이 좋으면 특별한 순간들이 올 수도 있고
특별한 인연을 맺을 수도 있다.

그런데,

이곳에 있는 동안은 그 특별함에

집착하지 않기로 하자.

세상에 하루도, 한 시간도 특별하지 않은

순간은 없으니까.

살면서 한 시간의 연결고리라도 없어진다면

살아 있을 수 없으니까.

소소한 풍경

목적지를 정하지 않고 길을 나설 때가 많다.
막연히 어딘가를 가야 할 이유가 없는
자유로운 시간을 즐긴다.
도로를 달리다 우연히 만나는 소소한 풍경이 좋다.
오래된 담벼락에 그림처럼 그려진 담쟁이는
잎을 떨군 채 줄기만으로 삶을 이어나간다.
애써 그려내기도 힘들 만큼 다양한 선의 방향은
신비롭기까지 하다.
이제 막 올라오기 시작한 봄의 식물들도
눈에 보이기 시작한다.

풀밭에 쪼그려 앉아 풀들과 대화를 나눈다.
긴 겨울을 견디고 삐죽하고 올라오는 모습이
사랑스럽다.

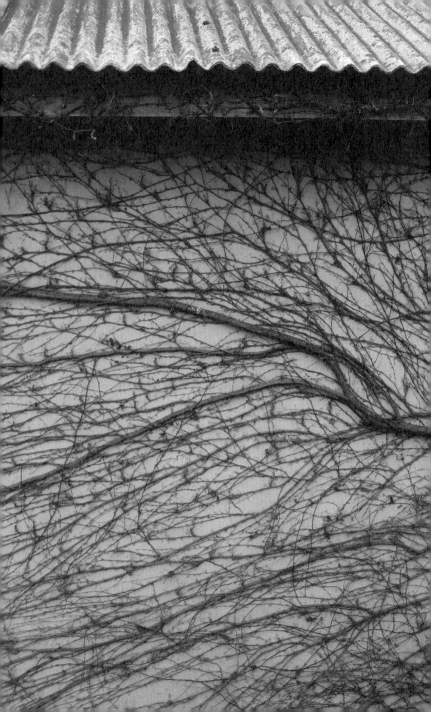

당신이 떠나간 자리

섬에 많은 사람이 찾아온다.

낯선 이들은 제주를 탐닉하고 제주를 떠난다.

섬에 들어오고 떠나는 사람들의 반복이

끝없이 이어지고 있다.

낯선 사람들의 체취가 섬에 가득하다.

정작 이 섬에 살던 사람들은 낯선 향기를 피해

꼭꼭 숨는다.

익숙함과 다름이 공존하는 세상이다.

세바 카페

오래된 돌창고를 개조해 만든 카페.
실내에 들어서기 전부터 주인의 품새가
느껴져서 좋았다.
좋은 공간에 오면 좋은 사람이 되어 간다.
좋은 카페, 좋은 주인의 성품이
그곳을 찾는 사람들에게 고스란히 전달된다.
잔잔히 흐르는 음악처럼 이곳에선
사람들의 소리가 노래처럼 들려온다.
비바람이 불어 망설였던 발걸음에 큰 위로를 얻는다.
맞아, 이런 공간이 소중했던 거야.

주인에게 허락을 받고 주방을 담았다.

주방 안에 있는 커피잔들과 용품들이 참 멋스러웠다.

작은 창가로 들어오는 빛이 참 따듯하게 느껴졌다.

사용하고 있는 공간이라 서둘러

몇 장의 사진만을 담았다.

제주를 떠날 때가 되어서 알게 된 이곳 때문에

난 며칠을 더 머물 생각마저 들었다.

그래, 이거면 충분한 이유가 될 수 있다.

3

안개

보이지 않는 거리

비가 오고 난 후 안개가 생겼다.

익숙한 풍경들이 새롭게 보이기 시작했다.

많은 것을 감추기 시작했다.

감춰진 틈을 향해 들어가면 비로소 보이는 것들.

길을 걷다 보면

길은 이어지다가도 끊어진다.

사람도 이어지다가 끊어진다.

끊어진 것 같지만 어느새 이어지는 인연도 있다.

이어지는 길, 끊어지는 길

그 길이 있는 풍경에 나를 맡긴다.

이번에 나를 이어줄 것은 사람인가, 제주인가.

빛나지 않는 길을 오랜 시간 묵묵히
걷다 보면 스스로 빛이 되어
그 길을 비추는 사람이 된다!
그 빛을 따라 걷는 사람들이
하나둘 생기고
결국 그 길은 빛나는 길이 된다.

안개가 자욱한 길을 걸을 때의 느낌.

걸음을 멈추고 주변을 둘러본다.

이곳은 내가 살고 싶었던 곳은 아닐까?

숲, 바람, 공기, 그리고 축축한 습기까지.

모든 것이 편하게 다가왔다.

돌아갈 때가 되어서인가?

눈에 보이는 것들이 단순하지만은 않다.

4

꽃이 피다

봄의 소리

봄이 오는 소리는 꽃으로부터 시작된다.

제주에서부터 불어오는 봄의 합창.

긴 겨울을 견디고 마른 가지에서

새로운 생명을 피워내는 그 열정이 아름답다.

그대에게 가는 길

그런 느낌이 들었다.

이 꽃 계단을 조심스럽게 하나씩 밟아 오르면

그가 미소 지으며 서 있을 것 같은.

꽃은 그렇게 희망을 이야기하게 한다.

그게 현실이든 막연한 꿈이든.

지금 이 순간

생각이 머물렀다면
그 어떤 이유로도 미루지 마라.
사랑도
여행도
사진도
그 어떤 것도 미루지 마라.
떠나려고 했던 여행도
다시 시작하려고 했던 사랑도
미루지 마라.

사랑이 지나고 난 후에

사람이 떠나고
사람이 들어오는
그 여백의 시기를 견디는 것은
오로지 내가 겪어야 했던 아픔.
이별은 가을과 어울리고
새로운 사랑은 봄과 어울릴 거라 생각했다.
그랬던가?
나는 늘 가을에 이별했고 봄에 사랑을 시작했나?

쓸데없는 생각들을 허공에 흘려보내고 있다.

눈물 꽃

눈 위에 피는 붉은 동백
누구를 맞으려 이토록 강렬한 색으로 시선을 끄는가.
살짝 손이라도 댔다가 떨어질까 봐 두려워
멀리서 바라보기만 한다.
툭ㅡ 하고 결별할 땐
나도 눈물 흘린다.

나무가 눈물을 흘릴 수 있다면 그 나무는
동백일 것이다.
화려한 붉은 꽃송이가 눈물 같다고 생각했다.
왜 그렇게 느꼈던 것일까?

가만히 바라보기

사진을 찍다 보면 꽃이나 나무는 무리 지어 있을 때
더 아름다워 보인다. 피사체가 홀로 아름다운 것은
대부분 사람이다.

붉은 꽃들의 연속, 노란 잎들의 연속같이 반복되고
연결되어 이어져 있을 때 자연은 더 아름답다. 그 무
리가 나를 당긴다. 그들이 내게 손짓한다. 그럴 때 가
만히 기다리는 시간만이 필요하다. 잠시 기다리면 빛
과 색과 무리가 일체가 되는 시점이 있다. 그때 무의
식적으로 셔터를 누르기만 하면 된다. 그런 시간이
감동을 준다.

5

겨울

가야 할 길

혼돈의 시간을 보내고 있다. 그 혼돈이 결국은 나에게로 와서 나에게서 나간다. 그렇게 조금씩 알아간다. 나를, 그리고 사람들을.

본질을 잃어버리면 아프다. 삶이 결여된 사진은 건조하다. 내가 가고 싶었던 길 위에 서야 한다. 봄이 오는데 내 마음은 이미 여름을 지나쳐 가는 듯 살짝 지쳐 있다. 다시 기운을 내야 할 시간. 그 방법을 알고 있다는 것은 축복이다. 조금 더 내려놓자.

뒤를 돌아보다

제주에서 가장 많이 한 생각은 미래가 아니라 과거에 관한 것이었다. 지난 시간들이 자꾸만 가던 걸음을 멈추게 하고, 그 멈춤이 후회만 남은 시간들을 힘들게 캐내어 내 앞을 가로막았다. 미래 지향적이지 못한 성격이 이번 여행을 통해 적나라하게 드러났다. 나에게 나무라듯 외쳤다. 언제까지 과거에 얽매여 살거야! 글쎄 언제까지일지 모르지만 내 잘못된 과거를 마음 편히 흘려보낼 나이가 온다면 좋겠다. 설령 그 나이가 오지 않아도 미련만이라도 덜어내면 좋겠다.

그런 날

그런 날 있잖아.

거울 속의 나를 보면서 갑자기 우울해지는 날.

힘겹게 살아가고 있는 내 모습이

한없이 서글퍼지는 날.

스스로 못 견딜 정도로 무너져 내리는

내 몸과 정신을 애써 잡아놓아야 할 때.

그럴 땐 어디든 떠나야 하는 거야.

혼자 방안에서 어깨를 들썩거리지 말고

좀 더 밝은 곳으로 나와야 해.

겨울 숲

점은 찰나를 볼 줄 아는 사람에게 박힌다.
빗방울이 떨어질 때
줄기가 아니라 점을 이으면서 떨어지는 것,
눈이 내려올 때
점을 이으면서 바닥으로 가라앉는 것,
그건 그 성질을 이해하는 사람에게 보인다.
나무와 나뭇잎과 눈송이가 점들로 연결되어
나만의 풍경을 그려낸다.
이 시간, 멈춰서서, 끝없는 점과 배경을
가슴에 담아본다.

눈이 내린다

제주의 숲에 눈이 내렸다.
아마도 이번 겨울 제주에서 내리는
마지막 눈일지도 모른다.
깊은 숲속, 인적이 드문 곳에서 맞이하는
하늘의 선물.
셔터를 누르는 손과 심장의 울림.
행복한 찰나의 순간이다.

슬픔이 내 안에 채워지는 것보다.
행복이 가득할 때가 더 두렵다.
언젠가는 빠져나가야 할 것 같기에.

모든 게 꿈처럼 느껴질 때가 있다.
이곳에서 바람이 불어오고 안개가 끼고
예기치 않은 눈이 내리는 날.
맞아, 이런 날에 꿈 같다는 생각을 했다.

거짓말이었다.
힘들지 않다고 말한 것.
사실은 곧 무너져 내릴 것 같은
고통의 늪 속에 있었다.

6

캠핑

나만의 공간

누군가를 의지하고 기대하는 시간이 길어지면 길어질
수록 나 자신이 초라해진다. 인생은 결국 스스로 모
든 일을 헤쳐나가야 하는 홀로서기를 하는 연습이다.
홀로 설 수 있는 준비가 되어 있을 때 사람을 만나야
한다.

그 한 사람을 내 안에 초대할 숨구멍이 있을 때 비로
소 사랑이 시작될 수 있으니까. 외로움의 대안으로
선택한 사랑은 노래 위에 쌓은 집과 같다. 우리는 스
스로 무너지지 않을 단단한 축대를 쌓고 그 위에 집
을 짓고 그 안에서 사랑을 초대해야 한다.

그렇게 많은 나라를 여행했는데 아직

한 사람의 마음을 온전히 여행하지 못했구나.

바람도 미련이 많은 걸까?

내게로 와서 떠나지 않는다.

나는 그 바람을 흘려보내고 싶은데.

가끔은 아주 가끔은 현실이 꿈 같을 때가 있다.

7

Tree

지워지지 않아

마음 깊은 곳에 지워지지 않는 사람 하나 새기고
살아간다는 게 얼마나 행복한 일인가.
오래전부터 내게 찾아온 그 아련한
그리움의 사람이 있다.
외사랑도 서럽지 않고 따뜻하게
위로가 될 수 있구나.

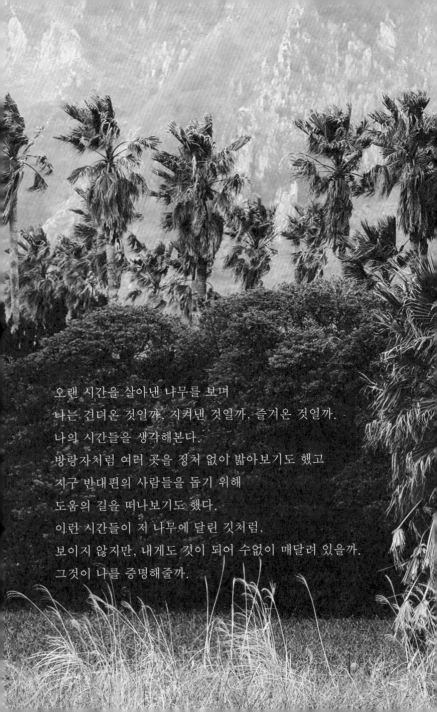

오랜 시간을 살아낸 나무를 보며
나는 견뎌온 것일까, 지켜낸 것일까, 즐거온 것일까.
나의 시간들을 생각해본다.
방랑자처럼 여러 곳을 정처 없이 밟아보기도 했고
지구 반대편의 사람들을 돕기 위해
도움의 길을 떠나보기도 했다.
이런 시간들이 저 나무에 달린 깃처럼,
보이지 않지만, 내게도 깃이 되어 수없이 매달려 있을까.
그것이 나를 증명해줄까.

걸음을 멈추다

제주에선 자주 걸음을 멈춘다.

이유도 다양하다.

길가에 피어 있는 작은 꽃이 예뻐서.

갑자기 바람이 불어와 나무가 흔들려서.

우연히 발견한 멋진 카페가 있어서.

다양한 이유가 내 발걸음을 멈추게 한다.

겨울을 견디고 봄이 오는 계절엔 특히 그렇다.

떠나는 이유

사람들은 몰라.

내가 왜 그렇게 떠나는 것을

반복해야 하는지.

머물수록 커지는 외로움을 잊기 위해

떠난다는 사실.

그렇게라도 견뎌야 하니까.

그래서 자꾸만 떠나는 거야.

내 자리의 외로움을 털어버리려고.

그 사람한테 미안해서 다른 사랑을 할 수가 없어.

나를 그토록 사랑해준 그에게 난 너무 못된 사람이었다.

사람이 사람을 품는 것은 자기를 온전히 줄 수 있는 거니까.

새로운 사람이 마음에 들어오면 이별은 아픔이다.
그래서 사람이 들어오는 걸 그토록 두려워했던 걸까?

8

못다한 이야기

손톱이 노랗게 변할 때까지

제주도에선 손톱이 노래진다.
지인이 가져다준 귤의 양이 너무 많아
차 안에서, 방안에서 심심하면 귤을 깐다.
그러다 보니 어느새 엄지손톱이 노랗게 변했다.
제주는 노랑이다.

스위스마을을 떠나며

제주 한 달 살기 첫 번째 숙소와 작업실을 정리했다. 한 달이라는 기간이 그리 짧지 않았나 보다. 액자를 내리고 사용했던 짐들을 정리하는데 허전한 마음이 밀려온다. 내일부터 일주일간 제주시를 떠나 서귀포에서 머물기로 했다. 아직 마무리해야 할 일들이 남아 한 달에서 2주를 더 연장했다.

음악만이 흐르는 쓸쓸한 공간에 망부석처럼 앉아 있다. 떠난다는 것에 익숙한 삶을 살았음에도 마음 정리가 쉽지 않다. 나는 이번 여행에서 무엇을 얻으려 애쓴 걸까?

오늘은 마음에 구멍이 크게 뚫린 날인가 보다.

나에게 꿈이 남아 있을까?

그렇다면 그 꿈은 무엇일까?

바보처럼 아직도 꿈에 대해 진지하다.

비로소 보이는 것들

13년 전의 제주와 2021년의 제주는 많이 다르다. 그 당시에 없던 건물들이 생겨나고 내가 그토록 좋아하던 골목길이 없어졌다. 많은 것들이 변했고 많은 것들이 흔적도 없이 사라졌다.

그나마 다행스러운 것은 13년의 세월이 더해지니 그때 무심했던 사소한 것들이 눈에 들어오기 시작했다. 오래된 창고, 버려진 화분, 페인트가 벗겨져버린 지붕, 그리고 이름 모를 깊은 숲.

이런 것들은 왜 이제서야 보이는 걸까? 지금 당신의 눈에 보이는 제주의 모습은 어떤 것일까? 당신도 나와 같은 것들에 마음을 빼앗기는가?

사진을 찍는 순간

빛이 사람을 완성하게 한다. 사람은 빛에 의해 모습을 달리한다. 사진을 찍는 순간부터 빛은 가장 소중한 마음의 울림을 연출한다. 빛이 카메라에 들어오는 것이 아니라 사람이 카메라에 들어올 때 빛이 함께한다.

유리공방

제주도에서 머물면서 뭔가 특별한 추억을 간직하고
싶었다. 인터넷을 검색해서 알아낸 유리공방. 인스타
에 있는 그에게 DM을 보냈고 연락이 왔다. 주소를
받아들고 내비게이션의 안내를 받아 도착한 곳. 작업
실은 제주 농가 주택이고 간판도 없었다. 육지에서
제주에 온 많은 이들이 그러하듯 그녀도 이곳에서 자
기만의 세계를 만들어가는 것 같았다.

처음 계획은 하루 수업이었다. 그런데 이게 생각보다
어려운 작업이었다. 그래서 결국 하루 더 수업을 들
었고 나만의 작은 소품을 만들었다. 누군가 제주에
간다면 이곳을 추천하고 싶다. 뭔가 즐거운 경험을

할 수 있는 시간을 원한다면. 내가 만든 어설픈 스테
인드글라스를 보면 여전히 난 그곳에 있는 듯, 기억
이 생생하다.

수업을 마치고 조심스럽게 물었다. 작업실 사진을 찍
어도 될까요? 허락을 받고 천천히 작업실 안을 둘러
봤다. 그곳엔 그녀의 시간이 있었고, 그동안 태워낸
납땜의 흔적과 유리를 자르던 손길이 느껴졌다. 그녀
의 성격을 닮은 작업실이라는 생각이 들었다. 작가의
작은 세상이 온전히 녹아 있는 작업실을 나오며 아쉬
운 인사를 나눴다. 여전히 잘 지내나요?

여행은 좋았다

긴 여행을 마치고 돌아와 사진을 본다. 제주에서 나
는 참 쓸쓸했다는 것을 알게 된다. 사진들이 그것을
말해주니까. 그러나 그 쓸쓸함이 꼭 슬픈 것만은 아
니다. 쓸쓸함도 내가 누리는 소중한 감정이니까. 잠
시 그런 감정을 누리고 나면 세상이 다시 보이게 된
다. 그리고 주변을 돌아보게 된다. 비록 짧은 여행이
지만 그로 인해 나는 조금 품이 넓어진 상태로 사람
을 안게 된다.

제주에서의 시간은

사치스러울 만큼 편안했다.

거의 모든 날을 아무것도 하지 않은 채

유유자적했다.

숲이 생각나면 숲으로 들어갔고

바다가 부르면 그곳으로 달려갔다.

가끔 육지에서 손님이 오면

시답잖은 이야기들로 즐거운 시간을 보냈다.

사람이 그리우면 커피를 핑계로 카페를 찾았다.

지나고 나니 그 시간이 행복이었다.

너무나 큰 행복의 시간.

좋은 사진이란 잘 찍는 기술이 아니라
대상을 바라보는 시선의 깊이에서 나온다.